이돈희 시선집

황금알 시인선 268

이돈희 시선집

초판발행일 | 2023년 5월 26일

지은이 | 이돈희
펴낸곳 | 도서출판 황금알
펴낸이 | 金永馥
주간 | 김영탁
편집실장 | 조경숙
표지디자인 | 칼라박스
주소 | 03088 서울시 종로구 이화장2길 29-3, 104호(동숭동)
전화 | 02)2275-9171
팩스 | 02)2275-9172
이메일 | tibet21@hanmail.net
홈페이지 | http://goldegg21.com
출판등록 | 2003년 03월 26일(제300-2003-230호)

이돈희 시선집

황금알

시란 무엇이며

왜 쓰는가

시에 관하여 듣고 싶은 말

하고 싶은 말이 너무 많아

할 말이 없다

어떤 이에겐 시란 언어유희

또는 말 잘하기라고 하지만,

내게 있어선 하고 싶은 짓이다

즐거운 고민이다

차 례

1부

2부

3부

4부

5부

1부

겨울 휴전선

하얀 눈은 언제나 검은 계절에 내렸다
눈이 많이 내려 하얗게 하나 되어 보라고
세상은 검어가지만
세기말엔 눈마저 흡족히 내리지 않는다

성급히 눈발이 멈춘 휴전선
철책을 넘는 삭풍이 철판 찢는 소릴 지르는
철원 평야
서북쪽 산마루를 넘어온
허기진 눈까마귀떼 내려앉는다

지금 휴전선에선
언 땅을 딛고선 병사들이
여기까지 지켜온 불안한 평화가
동해를 입을세라
두 눈을 부릅뜨고 발을 구르며
총을 들고 있다

끝나지 않은 전쟁

숨 쉬는 것들의 피돌기가 순조로운 이 나라
같은 핏줄 간 잔인한 전쟁 시작되었다
'1129일' 간 쌈박질하다 지쳐
뜨거운 총질을 멈추자던 약속이
반백 년 지나 백 년으로 가는데
이 순간도 남북의 얼간이 병정들이
너를 죽여야 내가 산다며
억새숲에 숨어 조준선 정렬을 하고 있다

군번 없는 병사 무덤 비목도
흙이 되어버린 비무장 지대
녹이 슬수록 날카로워지는 가시 철책
흙을 뒤집어쓰고 밟아줄 주인만을 기다리는 지뢰들
이 봄도 숨을 쉬고 있는 위선의 비무장지대
회색 전운이 진종일 감도는
조국 한반도는 극동 아세아 방아틀 뭉치다

길 2

는개 내리는 날
산길을 더듬어 고대산*에 오르니
길이 끊겼다

날개 젖은 새들이 날아가는 곳을 바라보니
북녘 산하다

허허로운 내리막길에서
기적 소리 듣는다

통일호 열차가
신탄리*에서
원산까지 가겠다고
길을 열어 달라고
고함치는 소리다

새들은
길이 끊긴 곳에서도
길을 열 줄 안다

이 땅엔
끊어진 철길이 있다

* 고대산 : 경기도 연천군 신서면 대광리에 위치한 830m, 정상에서 철
  원평야가 보임
* 신탄리 : 경원선 철도 중단점

6월

6월이 오면
전쟁이 또 일어날 것만 같아
올해도 하얀 구급약 몇 알과
라면 몇 봉지를
여분으로 준비한다

변방의 비가

새털구름 노닐다 멈춘 북삼리 민둥산
서리 맞은 수수밭가 곳집 하나 외롭다
기넘도록 울어대던 개개비는 날아가고
갯여울 소리 청랭한데
가을걷이 농부 내외 짧은 해가 아쉽다

둔밭나루* 맑은 물에 등 부은 발 담그니
북에서 온 물도 여기오면 내 물인 것을...
큰물에 씻긴
임진강 백사장
물새들 노래 있어 옛날 같은데
아 – 언제나 보이는 건 새들이나 넘나드는
아스라한 휴전선

* 둔밭屯田나루 : 연천군 왕징면 북삼리에 있는 옛 나루터

변방에서
— 휴전선

하늘이 너무 맑아
할 말이 없습니다

차라리
하얀 구절초 꽃다발 같은
구름 한 점
떠 있으면 좋겠습니다

헤 넓은 들판
꿈을 이룬 나락들은
종갓집 새댁보다도 다소곳합니다

무논을 헤집던
농부 같은 하얀 새들은
눈바람이 두려워 남녘으로 날아가고
아스라한 북녘 하늘에서
기러기 떼 날아들어
우물 같은 하늘에 엽서를 띄웁니다

세상에 새들은 가고 싶은 곳 가고 오는데
걸어서 갈 수 없는 산하가 있습니다
만날 수 없는 사람들이 있습니다

새가 될 수 없어 한 서리는 이 가을에
하늘이 너무 맑아
눈시울이 젖습니다

남방한계선에서

한겨울 태양은 뒷걸음질하면서도
비무장지대 마른 풀섶에
불시라도 던질 듯 이글거리다
야멸찬 강추위에 굴복하고
무명지 같은 산마루에서 머뭇거린다

외로운 망루에서 적진을 쏘아보는
초병의 매서운 눈초리에
갈대도 서걱이지 못하는 전선은
차가운 석양을 받아
저승의 오후 같다

지금 서 있는 곳은
당겨진 활시위,
남방한계선이다

시린 눈물을 말리며
돌아서야 한다

파리하게 식어가는 철책을
어린 병사에 맡기고……

불안 2

비 소식도 없는 유월 가뭄

은대리* 황토벌을 종횡으로 누비며
먼지 바람 일으키던 탱크들도
어디론가 잠적해 버렸다

기침하는 경운기 몰고
붉은 노을 뒤로하며
흰옷 입은 농부가 귀가하는데
난데없이 나타난
북방 쇠찌르레기 떼거리가 수군거리며
서북쪽 산마루를 신속하게 넘어간다

이 땅에선
사월보다 유월이 더 잔인한 것을…

가뭄이 계속되려나
지는 햇덩이에 핏발이 섰다

* 은대리 : 휴전선 부근 지명(경기도 연천군). 군사훈련장이 있음

솔개의 눈

저기 지쳐 누워 있는 강 건너 이랑은
지난해 늦가을까지도
청청한 무밭이었다

추위에 떨던 임진강
화이트교* 강철 교각에 부딪혀
상처 난 강물이
빙그레 웃으며 서해로 간다

북녘 산하는 아스라한데
전선의 강마을이
낮닭 우는 소리 듣는다

군자산 팔부능선
봄볕에 웃옷 벗은 묘지 위를
높이 떠 맴돌며
남북을 조감하는
솔개 한 마리

* 화이트교 : 6.25 당시 미군 공병 화이트 소령이 급조한 임진강 중류에
   있는 가교

새, 휴전선

나의 창은 너의 방패를 뚫을 수 있지만
너의 창은 나의 방패를 뚫을 수 없다

나의 방패는 너의 창을 막을 수 있지만
너의 방패는 나의 창을 막을 수 없다며
남과 북이
창과 방패를 즐펀히 늘어놓고
가시 돋친 선을 그었다

너
암호를 모르고 이 선을 넘으면
너만 죽고 나는 산다며
서로 으르렁거리며
겁주며 겁먹으며
고함치며 속삭이며
울며 웃으며
반백 년 세월 흘렀다

새들만이

이 모순의 선을
노래하며 넘나든다

신탄리*

돌아서야 할 운명의
변방마을 삼거리에 바람이 분다

고대산 정상에 눈발 성성이고
죽은 나뭇가지에 앉아 있던
검은 새 한 마리 날아가 버렸다

낙엽 구르고 억새 서걱이는
레일 없는 철길
아물지 못하는 전쟁의 탄흔들이 아픈 역사를 노래한다

북으로 더 못가고
그렁거리던 통일호 열차가
잡목숲 산을 돌아 남으로 간다

고향의 강 하나
산 하나
사람 하나 품고
살아온 사람들

이산의 아픔으로
실향의 그리움으로
시인의 가슴으로
다음 역 이정표 없는 철도 중단역에서
머뭇거린다

아~ 지금은
북천을 가리웠던 구름이 바람에 밀려
북녘 산하가 햇살에 비추인다

* 신탄리 : 경원선 철도 중단역(The Northern most Station)

아 – 이러니irony

밝은 봄날
온종일 서울 구경 잘하고
불끈거리기 좋아하는 군대 많은
연천으로 오는데
풋내기
우리 전투경찰들이
저마다 몽둥이 하나씩 손에 들고
세계 최강이라는
미군부대 정문과
탱크포 군사훈련장을
엄호하고 있었다

"아 – 이러니"
위대하다
나의 조국

월정리역*

파리한 몰골
조선왕조 씨받이 여인의 입술 같다

푸른 달이 뜨면
구천을 떠돌던
군번 없는 소년병사의 원귀가 몰려와
고향 가는 차표 한 장 팔라고 할 텐데
누구라
이 사위스런* 역에서
고독한 야근을 하겠는가

서西로 가면 철원역
동東으로 가면 가곡역이라는
이정표는 있지만
레일 없는 철길일 뿐……

포탄 맞은 철마의 붉은 해골이 흘리는
철의 눈물

* 월정리역 : 남한에 속한 경원선 최전방 빈 역사.
* 사위스럽다 : 미신적으로 어쩐지 불길하고 마음 으스스하고 꺼림직한 것.

열쇠 전망대에서

갑신년甲申年 설 날
높은 전망대에서
지금은 갈 수 없는
조국의 북녘을 바라본다

높이 떠 맴도는 솔개도
내 발아래 있다

솜털 뽀송한 초병이
오늘 새벽 최저기온이
영하 25°였단다

하늘은 온통 얼음 빛이다

높은 곳
보다 더 하늘 가까운 곳에서
이 나라 통일을 위하여
인류 평화를 위하여 기도하는
성모 마리아 두 손에 동상은 없다

모든 바람과 냉기는
그 여인을 비켜간다
지금은 적국인
북한 마을도 적요하다

그곳도 통일을 위한 기도 중이겠지
…….

입영한 아들

그는
승려처럼 머리 깎고
반짝이는 청골로
붉은 영장 지니고
울면서, 화내면서, 웃으면서
총 쏘는 법 배우러 연무대로 갔다

그는 서리병아리
반전주의자의 아들이다

이제 그는 그도 아니고
이름깨나 날리는
K대학의 생물공학도도 아니다
내 아들도 아니다

그는 황산벌을 기고 나는
전사가 될 것이다

평화를 생산하는 전사가 되어

우쭐댈 것이다

반전주의자, 그 아비는
그가 싫어진다
미운 녀석
미운 녀석

그가 돌아올 때까진
그를 미워해야 한다

점등식
— 종각 OP에서

군인들이
북녘을 향한 음지에
예배당을 지어
하나님께 봉헌하고
해마다
성탄절을 찬양합니다

얼어붙은 북녘 산하에
칠흑을 가르는
빛을 보냅니다

하나님이 창조하신
하늘의 별들보다
더 아름다워지고 싶어 하는
님의 종들이

올해도
빙점을 오르내리는
대기를 마시며

초저녁 전선에서

강철로 된
이 땅에 전쟁 무기를 녹이려고
찬송합니다

기도합니다

태풍전망대에서

바람 자지 않는 전망대
북으로 더 전진할 수 없는 막장
이른 봄날 오후는 아지랑이의 전선이다

비무장지대 마른 풀섶에
누군가 던진 불씨로
화마가 휩쓸고 간 검은 들판 너머
움직이는 물체
아~ 사람이다
저기 사람, 사람들이 있다
지금은 만날 수 없는
그리운 동포다

통일은

잔설 밀고 피어난
복수초 꽃처럼

피었던 무궁화
꽃떨기 말아
땅 위에 내려앉는
낙화처럼

한가위 달빛 타고 내리는
이슬처럼

눈 내리는 밤
"먼 곳에 여인의
옷 벗는 소리"처럼*
……

* 먼 곳에 여인의 옷 벗는 소리 : 김광균의 시 「설야」에서 인용.

한 1

화창한 봄날
전쟁미망인의 가슴 속에선
냉이꽃
아기똥풀
진달래
하얀 목련도
타 죽는다

한 2

휴전선 겨울 억새
마른 꽃을 보듬고
서로를 위로하다
뼈만 남았네

횡산리에 비 내리다

작열하던 칠월 햇볕에 찌들어
시간이 멈추었던 공간
임진강 횡산리에 비가 내린다

내일이 처서라는
계절의 붉은 엽서를 받은
여름이 흘리는 석별의 눈물이다

여기는 외로운 전략촌
참 핏줄의 한민족끼리 적으로 대치하는
휴전선 턱밑

비슬산* 정상에 머뭇거리는 회색 구름은
언제나 전운戰雲이지만
신들이 지켜주는 평화가 산다

이 적막강산에 낮닭이 노래하고
멧비둘기 구구대는 정다운 강마을
팔월 가뭄을 위로하는

비가 내린다.

하얀 통일

폭설이다
삭풍도 풀이 죽었다

지금은 하얀 통일 중이다
남방과 북방한계선이, DMZ가
눈 이불 속에서 낮잠을 청한다

바람 자지 않던 최전방 전망대
성모마리아, 예수님, 부처님도 어리둥절하다

너를 죽여야 내가 산다며
조준선 정렬을 하던 남북의 병사들도
정든 벙커 속에서 총대를 안고
고향 꿈을 꾸고 있다

산과 들의 짐승들아
강물도 얼어 얼음다리가 되었다
넘어오고 넘어가거라
너희들 발자국을 추적할 자 없다

백두대간 소나무들도
폭설이라도 좋다며 차곡차곡 받아 쌓는다

모처럼 찾아온 한반도 통일판에
한민족 통일을 시샘하는 서북풍이
검은 붓질을 할세라 눈발이 세차진다

백기가 오른다
설국이 건설된다

평화

부처님 오신 날
천주님도 축하하네

참 평화로다

신부님과 스님이
나란히 함께
오체투지하네

참 평화로다

이 가을의 노래

사랑하는 조국 한반도에
올해도 가을이 찾아들어
티 없이 맑은 하늘빛은
코발트청cobalt blue

이른 오후 속살 저미는
따순 햇살 받으며 바라보는
가을 하늘은 언제나 사랑의 눈빛이다

아름다운 조국 한반도
동족 간 이념분쟁으로 받는 이 고통은
누구의 탓인가

신이시여 착하고 영리한 한민족
남북통일을 누리도록 은혜 베풀어
주시옵소서

연하여, 가난에 시달리는 인류를 위하여
일할 수 있는 전지전능한
지혜를 내려 주시옵소서

2부

갈대

마른 꽃을 보듬고
서서 죽는 초생草生이여

높새바람 세차도
느린 춤을 추는 느긋함이여

청대 같은 젊은 날은
망각의 강물에 띄워 버리고
바람만 먹고도 겨울나는
꼿꼿한 노후여

거미

사람 같지도 않은 것이
날개도 없는 것이
허공에 그물을 치고
저보다 몇 배나 덩치 큰
날개 달린 것들을
일용할 양식으로 하고
자손만대 번성하는
검은 수완가

죄罪 많다
오늘날
이 나라 못된 정치배政治輩
모리배謀利輩들

네가 선생이다

겨울 한탄강

무너질 듯 버티고 있는 주상절리柱狀節理에서
고독에 울던 부엉새 슬픈 메아리도
얼어 버렸다

결빙을 거부한 강물이
얼음장 밑을 흐르며
동안거에 든 수도승처럼
중얼거린다

휴전선 지나올 때
수중 가시 철책에 할퀸
차가운 상처를 아물리며
침묵하던 강이
잘못 지어진 이름을 한탄한다

한탄강漢灘江
한탄강恨歎江

겨울에도 얼지 않는

서역 창해를
그리워하며.

겨울, 선사유적지에서

바람도 얼어붙은 잡목숲
적막하구나
묻혀버린 돌도끼를 찾으려
붉은 점토벌을 헤매던
선사인들의 영혼도
겨울잠에 들었나 보다

헛기침을 해
영하의 대기를 울려본다
갑자기 섬뜩함을 느껴
주위를 살피다 하늘을 보니
검은 새떼가 배회하는
전곡리全谷里 상공 아득히 높다

차마고도茶馬古道 어느 산정山頂에서
조장鳥葬을 치르고 날아왔음직 한
독수리 떼
어느 상한 살점 냄새라도 맡은 것일까

아니면

지금도 구천九泉을 떠돌고 있을
선사인들의 영혼을 위하여
잃어버린 시간을 찾으려는 것일까.

깃발

일용할 양식은 바람이다

풍속이 빠를수록 신명 나
허공에 제 모습 펼치며
직각을 고수하지만
풍향은 의식하지 않는다

세찬 비바람 영접의 노래
풀랙flag풀랙flag하며
생 살점 떨어져 나가도 괜찮다 한다

무풍지대 게양된 것 들은
처량하고 후줄근하다

깃발은
바람을 먹고 살아간다

꿈꾸는 군남호

군자산 상봉에 태양이 떠오르면
군남호 아침 안개 창문을 열고
곰소 맑은 물에 물놀이 하라네
해맑은 태양 호수 위에 떠 이글거리면
강마을 떠꺼머리 꽃미남 노총각
장미꽃 꽃다발 호수에 띄우네
바다가 그리워 북녘 산하 먼 길 돌아와
지친 임진강물 몸 풀고 가는
사계절 축복받은 늘 젊은 군남호

옥녀봉 높은 봉에 달빛이 내리면
물결 자는 군남호 물거울 되어
옥녀봉 칠선녀 제 모습 보라네
중천에 떠 머무는 달님도 제 모습 보며
부엉새 사랑 울음 가슴으로 듣고
강마을 아가씬 달보다 예쁘네
착한 땅 그리워 험준한 산하 돌아서와
평화의 노래 부르는 임진강
온누리 축복받는 늘 푸른 군남호

넝쿨장미 1

돌각 담 위에 몸 누이고
황사 짙은 유월 하늘에
온종일 헌혈을 하네

넝쿨장미 2

오늘은 현충일

교회당 울타리에 목을 걸고

두 동강 난
조용한 아침의 나라의
하나됨과
조국을 지키려 총을 쏘다
흙이 되어 버린
영혼들의 평화를 위하여
온종일 유월 하늘에
혈서血書로 고告하네

놀란흙*

봄비 맞으며 울먹이는 흙이 있다

삼십몇만여
영겁永劫을 안고 잠들어 있는
선사인들을 깨우려고
동강 난 돌칼을 찾으려고
묻혀 버린 세계로 여행을 하려고
침묵의 붉은 점토를
한계상황까지 파 내려간
사람들 있었다

은밀한 속살 드러남이 부끄러워
얼굴을 묻으려는 흙이 있다
차가운 봄비 맞으며…

난자당한 처녀성이 한이 되어
빙점에 가까운 눈물 흘리는
놀란흙
흙,

흙.

* 놀란흙 : 한번 파서 손댄 흙

도감포에선

삼각주 모래톱에 앉아
낯설은 두 물이 웃으며 만나는
정겨움을 봅니다

한탄강과 임진강이
우리 서로 지나온 길은 달라도
"서편으로 가야 큰물이 된다"는
어미들의 말을 되새기며
이제 한 몸이 될 반가운 인연이라는
상견의 속삭임을 듣습니다

현무암 수직 절벽에 걸린
계절의 이정표를 바라보며
지평선 같은 마포리 꽃답벌
갈대들에게 눈인사하고
서편 창해로 가는 큰물에게
손 인사를 해줍니다

강 건너 동이리 백사장에

기도하듯 서 있는
하얀 새들은 자유를 먹고 살아갑니다

크고 넓은 독안 같은 도감포_{都監浦}에선
수면과 눈높이를 맞추려는
보다 낮은 몸짓만이
참 평화를 느낄 수 있습니다

모래톱에 누워 눈을 감으면
낮볕이 내려와 가슴에 안기는
꿈도 꿉니다.

* 도감포 : 한탄강과 임진강이 만나는 합수점. 옛 포구 전곡읍 변산면
  마포리에 펼쳐진 꽃답벌과 미산면 동이리 썩은 소 앞의 강폭이 좁아
  지는 지점까지의 지형이 항아리를 닮았다고 함.

도감포의 봄*

가슴이 따수운 두 강이 만나
서해로 갑니다

참 좋은 햇살을 만끽한 하얀 새 한 마리
모래톱에 외발로 서서 해시계를 만듭니다

강 언덕 목장에 젖소들이
젖이 불어 어그적거리며
봄날 오후를 반추합니다

후박나무 묘목에 북을 돋우는
다정한 노병 내외를 보고
노랑나비 한 쌍 고개를 끄덕이다 날아갑니다

훈풍이 불어오니
등 굽은 어부의 작은 목선이
포구를 떠나고 싶어 칭얼댑니다

저만큼 흘러간 강물이

나 이제 바다 된다고 너울댑니다

갈대들 새순도
창을 엽니다.

* 도감포 : 임진강과 한탄강이 합류하는 곳

무제 2

안개의 봄밤

흐르는 한탄강아

어서 바다 되어라

.

무죄

서울 매미야

밤새워 연주해도

욕만 먹는구나

발정

청명 지나고
밤비 치근덕거리더니
바람 자는 한낮
물참나무 우듬지 끝에
피가 비친다

초경을 하려나 보다

부엌에서

추운 날이다
죽은 장닭 정강이 내려치다가
이빨 빠진
십년지기十年知己 늙은 식칼을
내외가 수군거리며
눈더미 속에 버렸다

봄이 와 저 눈이 녹으면
진창에 모로 누워
배신한 내외를 힐켜보겠지

불안한 봄이다

뱀에게

천생의 네 몸 생김새로는
앞으로만 나가야지
뒷걸음질은 어림도 없다

세상을 살다 보면
물러서야 할 때도 있는데
후진이 필요하다면
유턴을 할 수밖에 없다

수많은 신화와 전설을 안은 채
신으로부터 미움살을 받은 징그러운 짐승

엽기적 사람들만이 너를 사랑한단다

하지만
우리글 지킴이들에게 사랑받을 수 있는
재주 하나는 타고났다

청명 한식 지난 지도 한참 되었다

세상 밖으로 나와
ㄱ ㄴ ㄷ ㄹ ㅁ ㅇ ㅡ ㅣ 처럼
기지개를 켜 보아라

빈집 2

유월 가뭄
타는 호숫가
수몰 면한
빈집 하나
뻐꾹새 울음마저 받아 삼켜
패잔병 휴식처럼 고요하다

만화책들이 널려있는
녹슨 철제 책상 뒤로
눈이 붉은 생쥐 한 마리 숨어들고
보명사 마당에 낮잠 자는 빈 소주병,
타다 남은 연탄재
누런 개 해골 같다

잡초 성깃한 정원에
소름 돋는 고요가 싫어
새 한 마리 날아들지 않지만
초여름 따가운 햇살이 지켜주는
모래 위에
빈집 하나

소나무

백두대간 바위너설
한 그루 겨울 소나무
눈비 바람 사나워도
웃으며 청청하니
총 맞을 리 없는

녹색 독재자

숲 1

빙점 이하에서도
살아있는 나무와 죽은 나무가
서로 체온을 나누어 온도를 높인다

썩는 냄새도 향기로운 시공時空

독을 품은 벌레들, 파충류, 가시넝쿨을 기르는 뜻은
다만 방어용일 뿐이다

눈에 뜨이지 않는 잔살이들
알몸으로 겨울 나는 양서류들도
어미의 마음으로 보듬고
바람과 함께 노래하지만
두려운 것은
부싯돌과 깃을 담은 쌈지
날 푸른 도끼, 전기톱을 가진 자들

오늘도 숲은 숨 쉬는 것들에게
무상으로 산소 공급하려 가동 중인
착한 공장이다

숲 2

독뱀과 독충과 독초를
기르는 목적은
다만
방어용일 뿐이다

시골등기소

사락!
황톳빛 잎이 지는데
정원석엔
이끼 파릇하다
겨울이 두려운 벌들이
햇살 드리우는 유리창에
구애를 한다

파아란 하늘이
내려앉은 벤치에
후박나무 낙엽이 졸고 있다

한적한 업무

법法을 먹고사는 이들
가끔 찾아드는
시골등기소

약수

한 노병이
물을 지고
물을 끌고 간다

어느 산자락에서
약수라고 이름 지어진 게 화근이 되어
플라스틱 통에 감금된 채
강제이주 당한다
디젤 기관차에 실려
서울로 간다

매연 자욱한 콘크리트 숲으로
출렁출렁 울면서
죽으러 간다

어떤 과거

겨우내 긁어다 버린 개똥밭에
무심코 심은 호박이
넝쿨째 뒹굴어댄다

순박한 농부는 고급 아파트 주부들께
그 호박을 직판하면서
무공해라며
신토불이라면서
개똥 먹고 자란 호박이란 말은
끝내 하지 않는다

어떤 귀향

농협 뒷골목
비 그친 초여름 아침
줄 장미 흐드러지게 피는데
햇살 한 번 즐기려고
어두운 시궁창에서
천신만고 기어오른
두 마리 지렁이 중
앞서가던 한 마리가
기침하며 지나가는 경운기 뒷바퀴에 치여
만신창이가 된 것을 본
동료 지렁이가
느리게, 아주 느리게 오열하며
고향으로 돌아가고 있었다

어미 참새

백오십 척尺 밖
흩어진 조알도 알아보는
혜안이 있지만
변하는 세상 물정
멀리하며
화장을 하지 않는다

종가댁 고택 같은
초가집 기와집도 사라져버린
옛 터전을 지킨다

콘크리트 틈새에서
해마다 산고를 감내하며
가문의 손을 이어가는
조강지처.

울고 있는 강

그 강은
자신이 얼마나 아픈지도 모르고
흐르기만 하다가
겨울비 추적이는 날 아픔을 느꼈습니다
하구가 가까울수록 몸뚱아리는 비대해지고
기지촌이나, 공장지대 하수구를 몰래 빠져나온
혼돈의 검은 물에 병들어 거품 뿜으며 울먹이기 시작
했습니다
김포 반도가 보이고 바다가 가까웠음을 느낄 때
부끄러운 몸 맑은 바다에 혼성할 수 없어 머뭇거립니다

3일째 비 추적이는 검은 오후
백사장에 몸 비비며 통곡합니다
텃새가 된 백로 한 마리
강물에 발 담그려다, 등 굽은 물고기를 보았는지
이내 날아가 버립니다

철새들도 찾아주지 않는, 구린내 나는 하구
큰 강 하나가 겨울비 맞으며 울고 있습니다

전곡리에 비 내리다

포곡조 울어대는, 유월
추모식 많은 달
비 소식 흉흉하더니
변방마을 전곡리*에
밤비 내린다

어느, 여인의 가슴 같은
하얀, 포도 위에
바퀴 없는 포장마차에도
비 내린다

술 취한 이방인들이 비틀거린다
옛날
홍등가였던 뒷골목에
울고 있는 여인이 있다

풍경이 죽어간다
비에 맞아 죽어간다

밤이 깊어가자
하나둘 살해당하는
네온 불이 가여워
가로등이 울고 있다

전쟁미망인의 눈물 같은
밤비 내린다

* 전곡리 : 경기도 연천군 집적 소재지

전곡역에서

여기는 아늑한 마을 온골입니다

멀고도 더 먼 옛날
맨몸으로 사계절 안고 살아가던
슬기로운 선사인의 핏줄
전곡리안인의 삶터입니다
삼십여 만 년 전
백두대간 평강땅 오리산에서 분출한
마그마Magma*에 뒤덮여
뜨거웠던 용암 평원입니다

영원한 세월을 안고 흐르는
한탄강변
이 시간도 구석기 문화가 숨 쉬는
한반도 중부원점, 전곡리
불멸의 선사인들 영혼이 함께하는
부드럽고 포근한 붉은 점토벌에서
세상의 사람들과 사랑을 나누는 마을의
열려있는 커다란 문

약속을 지키려 가쁘게 달려온 철마가 쉬어가는
사랑의 역입니다

* 마그마Magma : 땅속 깊은 곳에서 지열로 말미암아 녹아 반액체로 된
  물질.

조화

벌 나비를
환장하게 실망시키는
숨 못 쉬는 요조숙녀

포세이돈의 경고

조용한 아침의 나라
한겨레여
독도에게 반말하지 마시오

예부터 한 포기 대나무도 없는 바위섬을
죽도竹島라 하며 죽도록 탐하는
사악한 허무주의자들로부터
착한 조국을 지키는 보석

동해 거친 눈 비바람 파도를 달래며
가슴으로 웃고 있는 독도에게 ,
바람만 먹고도 힘차게 펄럭이며
직각을 고집하는 태극기에게도
진종일 경배하시오

세상 사람들이여
독도에게 다시는 반말 하지 마시오.

* 포세이돈 : 그리스 신화에 나오는 바다의 신

한탄강 자작나무

본시 귀한 몸으로
청량淸凉한 고지대에서
숲의 여왕으로 군림했었다

짓궂고 호기심 많은 전곡리全谷里 사람들
너를 좋아해
백두대간 어느 칠 부 능선에서
청상과부 보쌈하듯 데리고 와
한탄강 저지대 강제 이주시켰다

버팀목 부축받으며
햇빛, 바람조차 낯설은 강마을 삶이 힘들어도
뿌리 내림하면 좋은 날 올 것이다

전곡리 한탄강漢灘江 변
사람 살기 너무 좋아
원시인 가족 있었다

3부

가을 강가에서

수마의 시달림으로부터 살아남은
물억새 서걱이는 강가에 서면
가을 햇볕에 절은 강물은
눈물을 글썽이며 내게로 안겨듭니다

오후의 햇살을
속살 저미도록 흠뻑 받으며 가슴을 열어줍니다

교각에 부딪혀도 빙그레 웃으며
자진모리로 흐르는 강물에게
어서 바다 되라고 격려의 합장을 해줍니다

갈걷이 끝난 강 건너 황토밭엔
산꿩 한 쌍 곁눈질하며 지스러기 낱알을 찾고
때 이르게 날아온 물오리들은
주절거리는 여울목에서
끈적이는 여름 때를 밀어내고 있습니다

농주에 취한 농부의 얼굴 같은 태양도

서산마루에서 머뭇거리고
강물과 나는 서로 눈웃음치며
헤어질 줄 모릅니다

조약돌 몇 개 강물에 던져
파문을 일으키며
작별의 연습을 합니다.

겨울 연가

웃으며 떠난 사랑이 미워
분노의 밤이다

죄 없는 원수
그 여인을 저주할
주술문이 떠오르지 않아
팔베개를 베고 면벽하니
독이 번지는 남루한 황혼
해독제가 필요해
가난이 웃고 있는 부엌 구석
마시다 남은 불의 눈물*을
한 모금 마시고 안주는 또 한 모금

취기가 돌아
그 여인을 저주할 주술문이 떠오른다

차가운 바람 부는 계절에 떠나 버린
죄 없는 원수
영원 속에 행복하시길······

* 불의 눈물 : 소주(필자의 조어)

겨울비

눈이 내려야 할
병신년丙申年 동짓날 밤 줄기 세찬
비가 내린다

함박눈이 내려야 할 때
내리는 비 하늘의 눈물이다

재앙과 전쟁
절망과 희망의 역사가 흐르는
파란만장한 대지에 내리는
빙점에 가까운 빗줄기
불안에 떨고 있는
이 세상 남루를 씻어 주는
병신년 동짓날 밤 내리는
고마운 비
따듯한 비

겨울 횡산리

휴전선을 넘으며 철책에 찔려
푸른 피를 흘리는 임진강 강바람이
이방 나그네의 뺨을 에인다

기침 참으며 고기 잡던 K씨의 목선
엇비슷 엎힌 노는 하나뿐
강개 소리마저 얼어버린
전선의 겨울은 언제나 빙점 이하다

거센 흐름으로 결빙을 거부하는
여울 물소리만 냉랭히 들려올 뿐
새들도 날지 않는 강마을

보다 낮은 포복으로 겨울을 밀어내는
횡산리* 사람들

짧은 햇살에도 창을 열 줄 아는
겨울 풀들로부터 연명의 지혜를 배우며
밤이면 단란한 등불을 켜고

강물의 노래 기다린다

* 횡산리橫山里 : 경기도 연천군 중면 횡산리. 남방한계선에 인접한 임
  진강변 마을.

겨울 숲

그 겨울의 숲에선

살아있는 나무가
죽은 나무를 끌어안고
몸을 비벼대니
숲 전체도 온도가 오르고

죽은 잔살이*들의
썩는 냄새도 향기롭다.

* 잔살이 : 현미경으로나 볼 수 있는 매우 작은 생물들을 통틀어 이르는
  말.

길 위에서

좌회전 깜빡이가
어서 길을 열어달라고
녹색 항변을 한다
세월이 이처럼 느린 것
원망스럽다
누구라
세월이 빠르다 하나
꺼져라
꺼져라
빨리 꺼져라
핏빛 신호등아
빨리 오라는 곳이 있는데…

그 사람 2

봄비 내리는 어느 날
좋은 사람 하나 만났다

그가 사는 곳은
협곡을 지루하게 지나
작은 개활지에 지은 집
비바람도 즐기는
개개비 둥지 같은 집이다

적을 몰라
적이 없는 그 사람
선 늙은이 얼어 죽는다는
보리누름 추위를 넘기려
벽난로에 불을 지피는
가슴이 따뜻한 사람

그는 사랑한다
늙은 염소 같은 사람도

귀를 막고
물소리, 새소리, 바람 소리 들으며
가슴으로 그림을 그리는 사람

그 사람
가끔은 술로 목욕을 하기도 한다

눈 뜨고 침묵하기도 하고
눈 감고 웃기도 한다

봄비 내리는 어느 날
참 좋은 사람 하나 만났다

권영한
— 권영한 시인의 명복을 빌며

그 사람
분단된 조국을 위로하며
한 줄기 오솔길만 걸어온 사람

깊이를 알 수 없는
뜰 앞 호수에서
세월을 낚으며
시를 쓰던 그 사람

참시를 위하여
전망 좋던
이승의 창문을
당신이 잠그고
그를 기다리는 북망으로 갔다

권력과
영화는
한계가 있다던 그는
시인이다

참시를 위하여
석장리*를 떠났다

* 석장리 : 경기도 연천군 백학면 석장리石墻里

길 1

이른 아침 길을 간다
낯설은 길을 간다

거기
기다리는 사람들이야
있건 없건
사랑하는 사람과
길을 간다

새벽안개 속에
먼데 산들이 게릴라들처럼
길을 막고 있지만…

웃으며 다가가면
저만치 물러선다

험난한 계곡을 흐르는 물을 건너
산마루에 서면
검은 구름도 여명에 밀려

길을 열어준다

빛의 길이 있어
낯선 길을 간다

오늘도 길을 간다

냉이 캐는 여인

등 굽은 갈대, 버들가지에 스치는
바람 소리
메아리도 남기지 못하는 물새 소리
봄이 오는 작은 소리

삼동을 넘긴 냉이들이
이제는 햇살이 자기들 편이라고
파랗게 웃고 있습니다

임진강 부엉바위 그늘 밑 묵정밭에서
하얀 왜포倭布수건을 머리에 두르고 냉이 캐는
여인을 봅니다

인기척이 있어도 한눈을 팔지 않고
다소곳한 모습
먼 옛날에 어머니를 봅니다

여인은
차오른 냉이 바구니를 이고

고향길 같은 논둑을 따라 집으로 갑니다
낯익은 저 걸음걸이

눈물이 핑 돕니다
시린 봄바람의 탓이 아닙니다

냉이 캐던, 냉이 꽃 같던 어머니

먼 옛날에 어머니

눈 오는 저녁

남산 위에 저 소나무
제 팔 부러질 것 모르고
차분히 내리는 눈 반갑다고
자꾸만 받아 쌓는다

빈 들녘에서

섣달그믐
늦은 저녁나절
삭막한 들녘에
혼자서다

어느
영혼의 숨결 같은
바람 한 줄기
나를 위로하다
땅거미가 스멀거리자
스러져 버렸네

서편 하늘에
한 여인의 눈빛 같은
별 하나 나타나
나
바람의 영혼이라 하네

늙은 바다

오늘도 나는
동해안 작은 포구, 방파제 끝에 앉아
이름 모르는 섬들을 바라본다

해송 몇 그루와 새들을 위해 사는
작은 섬들도
나처럼 늙었고
섬처럼 바다도 늙었다

내가 태어나는 날
이 바다와 섬들도 함께 태어났다

늙은 바다
이 겨울도 나와 함께 춥겠다

언젠가 이 해변에
내 발길 끊기는 날
섬도 바다도 고독에 몸부림치며 울먹이다
어디론가 사라질 것이다

내가 웃으면 따라 웃고
내가 구원받으면 따라 받겠지

오늘도 나는
바람 부는 방파제 끝에 앉아
늙은 해원을 바라본다
해 돋는 해원을 바라본다

빈집 1

사연이야
어찌 되었든
그 식구들 떠난 시공時空에
나무와 풀
잔살이들을 찬양하는
새들의 노래가
보장되었다

부엌 설거지도 멈추었으니
봄바람에 속옷 마른 듯한
집구석

시궁쥐도 버리고 떠난
이 폐허에
사악한 육식동물들의
발길도 멈추었다

드디어
전쟁 없이

평화가
무상으로 입주했다

산다는 것

해마다
청초한 미모로 가을 하늘을 유혹한 죄 때문에
플라스틱 화분에 강제 이주당했다

팔월 햇살이 역겨워
죽을 지경이다

나를 이주시킨 노병이
물 한 모금 주어 한숨 돌리고
늘어진 목을 곧추세워
생生을 확인한다

내 이름이 국화라고 한다
오~
차라리
새벽이 그립다
서릿발이 그립다

새똥

갓 피어나는
한 송이 노란 장미꽃에
새똥이 떨어졌다

장미도 똥도 아름다운
초여름 아침

십이월의 귀로

오늘도
빈 들녘에 부는 이름 없는 바람이었습니다

태양도 스러진 지금
간이역도 정차해주는
퇴역한 경주마 같은 열차에 있습니다

등성이에 갈기를 세우고
불안한 온욕을 하던 십이월의 산들이
밤이 두려워 보입니다

아직도 잠자리를 정하지 못하고
어스름 하늘에 파문을 일으키는
검은 새떼를 바라보며
영하의 대기를 무디게 가르는
열차를 타고
집으로 갑니다

아내가 피워놓은

호롱불 같은 겨울꽃이 있는 곳

어머님의 꿈자리였던 그 방
아랫목이 그리워
집으로 갑니다

오늘도
상한 갈대를 흔들던
이름 없는 바람이었습니다

아버님의 빗소리

늦여름 저녁나절
추억처럼 비가 내린다

바람 불던 일터에서 돌아와
토장국 곁들인 아내의 밥상을 받아
허기를 면하니
나른하다

대야에 냉수를 받아
퉁 부은 발을 씻고
왜포수건으로 발가락 사이사이를 후벼대니
개운하다

두 무릎 모아 깍지를 끼고
마루 끝에 발꿈치를 얹으니
생전에 아버님이 앉아계시던
그 자리 같다

빗소식 흉흉한 날

계단논 물꼬 보고 오셔
빗줄기 굵어지고 청개구리 우는
수수밭을 바라보시던 아버님
사진틀에 모습보다
선명하게 떠오르신다

채마밭에 내리는 카랑한 이 빗소리
그분이 들으시던
그 빗소리다

가을 달처럼
깔끔하시던 아버님

어머니

어머니

지금
변방 마을 밤하늘을
밤새가 울며 지나갔습니다.

낯설은 울음소리

먼 옛날에 어머니
그때도 달밤에
매미와 뻐꾹새가 울었지요

밤에 새들이 울면
난리가 난다고 하시던 그해
(1950. 6. 25 새벽)

동족의 심장에
서로 총칼을 꽂던 잔인한 사건이……

어머니
조용한 아침의 나라 통일을 위하여
강과 산 바다 숲
그곳을 기고 나는 것들의
안녕을 위하여
구원을 위하여
하나님께 기도드려 주시옵소서

지금은 하늘나라에 계신
어머니
당신은 생전에 양띠였습니다.

위로

뒷골목
잿빛 포도 위를 나가동그라지는 낙엽들의
비탄의 절규는 언제나 저음이다

보이지도 않는 공포의
채찍을 휘두르는 바람아
멈추어다오

흙이 되고자
후미진 곳으로 모여드는
낙엽들의 처연한 몸부림에
어느 미숙한 혁명가의
어설픈 뒤처리 같은
비질도 멈추어다오

사람아 사악한 사람아
아직도 숨결이 남아있는
그들을 위로하라

세상에 숨 쉬는 것들은
위로받기 위하여
태어났으니.

정연리의 봄

아지랑이 피어오르는 한낮
정연리* 합수머리엔
원앙새 한 쌍 졸고 있었다

평강군 장암산*에서 흘러온
잔설의 눈물 섞인 한탄강과 남대천이
서로 사랑을 나누고
도감포*로 가는 길을 묻는다

이 합수점이 6.25 한국전 비극의
철의 삼각지 분기점이다

남방한계선을 코앞에 둔
금강산 가는 녹슬은 철교가
여기서 금강산은 225리란다

물소리 청랭한 여울목에
물오리 한 떼 내리려다 인기척이 싫어
비무장지대로 회항해 버린다

외로운 전략촌 강변에서
알몸으로 서서 겨울난 갈대들도 새순을 올린다
약속의 봄볕이 온도를 높이면서
언제나 변방의 봄은 노루꼬리만 하다고
물소리 새소리 들으며
온종일 머물다 가란다

* 정연리 : 강원도 철원군 갈말읍, 최북단 전략촌.
* 장암산 : 북한 평강군에 있는 산, 한탄강 발원지.
* 도감포 : 임진강과 한탄강이 만나는 합수리.

하얀 모교

젖빛 하늘에서 하얀 추억이 내릴 때마다
와보고 싶던 교정
삶이 갈대 같아서 자주 찾아오지 못했던
지난날이 밉다
지금은
겨울 해산을 한 하늘이
핼쑥하다

옛날 같은 것은 하늘과 태양뿐이다

방학 중인 모교 운동장
어제 내린 눈밭에 수직으로 서서
해시계를 만들고
세월을 끌고 가는 붉은 초침을
역으로 돌려본다

기원후, 1956년
잔인했던 전쟁의 역사가 울먹이는 곳
바람 부는 벌판 군용 천막 교실에서

무쇠 난로에 청솔을 태우며 꿈을 익혔었다

창문 여는 소리 있어, 눈길을 돌리니
머리가 하얀 선생님이
겨울 허수아비 같은 나를 물끄러미 바라본다

지금 내 수중엔
"불과 얼음의 콘서트"라는
표지가 하얀 시집 한 권이 고작이다

겨울 창을 닫지 않고 서 있는
저 선생님

나는 아직도 시린 손을 비비는 학생

* 이돈희 : 연천 중고등학교 동문 (1회 졸업).

시 쓰는 날

친구야

겨울산을 바라보며
고통스런 시상詩想은 왜 떠올리려 하나

그냥 스쳐 가게

행여 여백이 있다고
함부로 필을 들면
잿-빛 궤적을 남길 수도 있지

오늘은 눈으로 시 쓰는 날

우윳빛 하늘에
눈으로만 시 쓰는 날

4부

가을

한가위 대목장이 서는 오후
성급히 떠오른 낮달이
구름을 밀어낸다

달리아가 시원하게 웃고 있는
한약방집 뒷마당
씨 장닭 벼슬 같은
맨드라미 탐스럽다

북서풍에 도래질하는
해바라기, 과꽃
햇병아리 울음도
모두가 고향이다

강원도

친구야!

좋은 詩를 적어
세상에 바치고 싶으면

강원도에서 태어나

강원도에서 자라고

강원도에서 살아가야지……

겨울 나그네

아스라한 해안선 여린 파도
겨울 석양에 은린 반짝인다
싫지 않은 영하의 대기
머얼리
검푸른 해원을 바닷새들도 넘어가 버렸다
홀로 머무는 행복한 시공인데

저어기
낯설은 군상들 수근거리며
이리 오고 있구나

혼자이고 싶은데
뛰어들고 싶구나
추울수록 맑은
동해 깊은 물 속으로

겨울 바다

바다는 언제나 만삭이다

살 같은 철선이
그의 생피를 가르며 지나갈 때
일어나는 하얀 포말은
바다의 피다

소금에 절인 긴 상처를 아물리려는
힘겨운 몸짓이
해질녘 갈매기의 날갯짓 같다

피 흐름이 멈추고 상처는 아물었지만
순산의 꿈을 앗기운 울먹임은
그칠 줄 모른다

섣부른 냉기로는 얼지 않는 바다

조용히 해풍이 일어
어머님의 숨결을 느낀 작은 섬들이
지친 새들을 부르고…

겨울 섬

영원을 위해 바위가 된 작은 섬
뼈와 가죽이 맞붙어 가는 몸뚱아리

파도의 시달림으로부터 멀리 떨어진 정수리에
억새가 운다

섬은 외로워
크고 작은 배들을 가리지 않고
머물다 가란다
고독이 두려워
송전탑 하나 안고 살아가기도 한다

찬 바람이 싫어
사람들 발길 끊긴 틈새에
올해도 얼어붙은 옆구리를
전갈 같은 굴착기가 도려내어
어디론가 가져간다

죄가 있다면 마른 가난뿐인데

억울한 생피박리형生皮剝離刑을 당해
의식을 잃어가는 작은 섬

바람이 분다
분노의 바람이 거칠어진다
파도가 높아진다

풀잎 같은 배들이
겨울섬의 치마폭을 파고들며
모성애를 느낀다

폭풍경보가 내렸다

기우제 축문祝文

저 – 강 좀 바라보십시요
천일 가뭄에
뼈와 가죽이 맞붙어 갑니다

여울 물소린
검은 대륙의 젖먹이 아기가
굶주림에 눈을 감으며
할딱거리는 숨결 소리입니다

둠벙에 고인 물은
작열하는 태양 볕에
비등점에 가깝고
백사장은 발화점에 가깝습니다

하늘에 계신 신이시여
시들어가는 수수밭 머리에 서서
불꽃도 없이 타고 있는 농부의 마음을
위로하여 주십시옵소서

바닥은 거북 등이 되어버린 호수에
빗물이 흥건하도록
소리 없이 밤새워 내려 주라고
어쩌다 토라진 비의 여신에게
명령하여 주시옵소서.

길 위의 선물

비수匕首 끝 날 같은 한파가
동방의 착한 나라를 점령한 날
손마디 굵은 내 손에 딱 맞는
한 켤레 장갑
영원과 함께 먼 곳에 있을
연상의 여인으로부터 받은
길 위의 선물
겨울 장갑
언제나 시린 내 손, 포근히 감싸 줄
반갑고 고마운 아웃도어

또 하나의 고향

청잣빛 북녘 하늘
뭉게구름 속으로
이름 모를 새 두 마리
느슨히 날아드는

부용화芙蓉花 피는 오후

무제

세상에 가장 훌륭한 시는
아직 쓰여 지지 못했다고
바람과 함께
여러 사람이 말하고 있다

혹자가 말한다
아마도
성경 말씀에
주눅이 들어서 일 거라고

보리고추장

마디 굵은 어머니의 손맛이다
어머니의 오감五感으로 발효된
보리 내음 구수한
추억의 맛

여름날 오후 고봉으로 담긴 보리밥 한 사발 냉수에 말아
반찬은
아삭이 고추 보리고추장 찍어 먹는
강원도의 우직한 맛

고향의 맛

* 보리고추장 : 보리를 주원료로 빚어진 고추장(강원도 영월 농협 생산
품)

불탄소*

옛날부터 전해오는
강물의 이야기

여기
명주실 한 꾸리를 다 풀어도
깊이를 알 수 없는
미지의 수굴이 있다

인간의 접근을 거부하는
세찬 소용돌이
음험한 수굴에서
용이 되지 못한 한을 품고 사는 이무기
어느 날 허기를 느껴
강 건너 풀밭에서 풀 뜯는 화소 한 마리
고삐만 남기고 삼켜 버렸다는
무시무시한 이무기

8월 햇살에도
속내를 보이지 않으려

검푸른 수평 장막을 치는
"불탄소"
섬뜩하네
이방 나그네의 전신에 소름이 돋네

이 깊은 수굴에 승천의 날을 기다리며
한 마리 이무기
지금도 은둔하고 있을까?

* 불탄소 : 연천읍 고문리, 농업용 양수장 부근에 있는 깊은 소.

산장 카페에서

산허리 슬근대는 고압선도 안 보이고
산사의 풍경소리도 들리지 않는다
예배당 십자간들 보일 리 있나

산사나이들의 야호 소리도 없어
메아리도 살지 않는 곳
지평선 같은 그리움이 사는
섣달그믐 같은 곳
산새가 가끔 울어 적막을 흔든다

화장을 하지 않은 카페의 여인이
꽃대를 못 올린 난초에
물을 주고 있다

서리, 봄

엊그제가 청명이었지만
달은 아직도 겨울 달

정치꾼 같은 눈비 바람에 시달려
뼈만 남아 달그락거리는 갈대밭에
깊은 밤
염탐꾼처럼 내린 서리
서슬푸르다만……

머지않아 첫닭 운다

술병病

설에 의하면
그 사람은 숨어서 시를 쓰는 사람이라 한다
그가 태어난 곳은 함경도 원산이라 하지만
한국전쟁 때 따뜻한 남녘이 그리워
단신 월남한 이산가족이란다
혼자 살면서 고독을 술에 타서 냉수 마시듯 했단다
술안주는 방금 마신 술이라며
술은 간에 좋은 보약이라고
친구들에게 권주가를 불러주기도 한 착한 사람

혹자들이 시인이라 불러주면
내게 있어 시는 죽은 지 오래되었단다
죽기 전에 남북통일되면
고향에 가보는 것이 소원이었다
어느 날 아침
처마 낮은 그의 집 굴뚝에
연기가 오르지 않았다

술병病을 웃으면서 앓다간 사람
헛간엔 빈 술병들만이 내동댕이쳐졌다

실수

지난 상강霜降 무렵
이 나라 산천에 단풍이
하도 붉게 타기에
땔감 준비를 하지 않았더니
찬 바람 부는
소·대한小·大寒무렵
가으내 노래만 하던
귀뚜라미들보다도
훨씬 춥구나

아침, 정동진

밤새워
산고의 몸부림치던 검은 바다가
잠시 진정한다

철마 타고 와
밤잠 설친 사람들 수군거리는 순간
서역西域으로 가기 위해
불피를 흘리며
태양이 솟아오른다

위대한 탄생…

하혈의 흔적이 사라지자
모래알들이 눈을 뜬다

숨죽이며
뜨거운 수중분만을 지켜보던 사람들
환호하다 흩어지고
몸을 말린 태양이 이글거리기 시작한다

이 나라 바른 동편

겨울 바다가

따듯해지기 시작한다

어떤 산

큰 산이 작은 산에 업혀
일어서라 했다
힘에 겨운 작은 산은
더욱 작은 산에 코를 박고
멈춰버렸다

봄바람 불어
산야초 잎이 피고
포곡조布穀鳥* 피울음에
산천의 적막이 깨져도
넘어져서 멈춘 산은
일어설 줄 모른다

* 포곡조 : 뻐꾹새

저녁 새

황사 바람 불어도
목련꽃 봉우린
신음하며 부푸는데
아직도 후미진 곳에 머뭇거리는
겨울 끝자락

오늘도 하루 해지고
황막한 들녘 채워질 날 아득하다

한 마리 새
지친 날개 저어
푸른 허공에
파문 일으키며
어디로 가는 거냐
이 저녁때

하현달보다
서글픈 여정

어떤 폐교

사각의 창틀 안에서 종알거리던
땅 위의 별들이 떠나버린 후
가위질당하던 교정의 향나무들이
드디어 나무처럼 자란다

봄비 그친 다음 날
그 향나무들 사이마다 앉아 있는
세종대왕, 신사임당, 유관순 누나,
책 읽는 소녀 얼굴에 눈물 자국 흐릿하다

실금 간 독에 물 새듯 빠져나가
돌아오지 않는 아이들이 그립기도 하지만
불개미집 같은 도시로 간
아이들의 안부가 궁금해서다

아직도 골격이 당당한 교사校舍가
이 봄은 춘곤증이 심해 보인다
스님 떠난 절간 같다

폐교의 낮 지킴이는 박새와 딱새 다람쥐 등
텃세 것들이다
숙직은 들고양이들 몫이다

이 폐허에 더 흉흉한 전설이 서리기 전에
무슨 수가 생겨야 한다는 동네 노인들
운동회가 열리던
옛날이 좋았단다

오월, 그 화장장에서

진솔 삼베 수의 한 벌 얻어 입고
빙점 이하 불수강不銹鋼* 안치소에서
밤을 새운 그대
나뭇잎들 싱그럽고 하늘 맑은 날
무지갯빛 장의차에 실려
화장장 입구에 멈췄다

죽어서도 줄을 서야 하는 인생
차례가 오자
웃고 있는 일천삼백도 화장로까지
일백이십여 운구 도보길
멀다

그대, 한 송이 장미였었다고 말해주자
매 발톱 같은 가시는 있어
짓궂은 남정네 피 보게 한 사건도 있었지

지금
한 송이 장미가 타고 있는데

......

검은 단체복을 입은 상주들
오월 나무 그늘에서 수런거린다
아픈 사람
죽는 사람
따로 있는 것으로 아는 사람들
어떤 이는 웃기도 한다

보라
잠시 후면
그대 한 줌 재가 되어서도
어머니 자궁 같은 곳
흙으로 빚은 하얀 단지 속으로
돌아가는 것을

*불수강不銹鋼 : 스테인리스

오월의 꿈

소녀야 소년아
T.S. 엘리엇은
사월은 잔인한 달이라 말했지만
신은 너희들을 위하여
연녹색 망토를 두른 여왕을
황사바람 불던 마른 대지에
오도록 하였다.

소년아 소녀야
햇살 하품하며 기지개 켜는 토요일 오후
남풍 부는 강 언덕에서
코발트 블루 하늘에
트럼펫을 불어대면
참 좋겠다

소녀야 소년아
하루해 긴 오월 한 달은
너희들의 몫이니라
서로 손잡고 동녘 바다 같은 들판을

파도로 달리다가 지친듯 싶으면
열두 폭 어머니 치마 같은 풀밭에 누워
두 눈을 감아 보아라
별들의 놀이터는 어두움이니
낮볕이 내려와 품에 안기는
꿈도 꾸리라

소년아 소녀야
백두대간에 올곧게 뻗어 오르는 적송처럼
무럭무럭 자라거라
잘 자라거라.

저녁산

벌판에 솟은 산
높을수록 외롭네

깊은 겨울 해질녘
고대산이, 금학산이※
겨울밤이 지루하다고

포근했던 한 낮
느슨해진 구름의 치맛자락 붙잡고
킬킬거리며
자고 가라 하다가
초저녁 아린 눈발에
언 뺨을 얻어맞고
머쓱하게 서 있네

* 고대산 · 금학산 : 강원도 철원평야 부근에 있는 8~900m급의 산

후회

아바이순댓집 아주마이 궁둥이나 두들기고
사람들 안 보이면 길거리에 담배꽁초 버리고
사월 초파일마다 개 잡아먹고
예배당 새벽 종소리 시끄럽다고
경찰서에 진정하던
외고집
함경도 내기
그 영감

아흔아홉 살에 죽으면서
헌혈 한 번 더 못한 죄로
나
백 살까지 살지 못했다고
눈을 감지 않았다네

5부

겨울 화석정

아득한 옛날
강원도 평강 땅 오리산이 토해낸
뜨거운 용암도
대지를 덮어버리다 멈춘 곳

율곡의 서기 어리는
임진나루 언덕
이 겨울도 천길 적벽에
석화石花가 웃고 있습니다

세상의 석학
동방의 하늘 아래서
조국의 불행을 예감하고
구국의 충정으로
십만양병론을 주장하던 님
시詩의 씨앗을 품고 묵상하던 곳

오늘도
민족분단의 아물지 못하는 상처처럼

검은 새떼들이 남북의 하늘을 배회하지만

예스런 풍치 그윽한 정각에 걸린
님의 팔세부八歲賦* 화석정 시 한 수
야멸친 눈비 바람에도
꽃이 되었습니다.

* 팔세부 : 율곡 이이가 팔 세 때 지었다는 화석정 시.

공원에서

겨울 엽서를 물고 온 기러기 떼가
갸글 거리며
분홍빛 서편 하늘로 사라졌다

놀이터에서 모래집을 짓던
개구쟁이 손자를 데리고 가는
가을 달 같은 노파를
한 노익장이 벤치에 앉아
파이프 담배를 피우며
물끄러미 바라본다

여름내 비바람에 떨다
이제는 잿빛으로 변한 사시나무 잎이
바람도 안 부는데
하나
둘

셋
둘

하나 떨어진다

하늘을 향해 간헐적으로 피어오르는
노인의 담배 연기가
어떤 영혼의 꼬리 같다

나무

잘도 크면서
똥오줌 싸는 것 못 봤다

뒷골목에선

변방마을 전곡리에 오일장이 섰다
남도 아낙네 대광주리 엮어 메고
닫힌 문 밀어본다

운명철학원 뒤뜰에 낮닭이 울고
비 소식 오락가락 운해 짙은 유월

어제는 현충일
육이오 참전용사가
기침하며 담배 피우는 오후
경운기 컹컹대는 농협 뒷골목
잿빛 포도 위를
목숨 걸고 왕래하는
개미들의 행렬

목련

혼기를 맞은
풍만한 여인

그믐 봄밤
별빛만 받고도
화사하다

잔인한 달에
당돌히 피어
서리 내리는 깊은 밤
나들이하려 한다

첫닭 울음에
웃고 있는 목련 한 그루

훔쳐본
연인의 속살

봄

임신한 다람쥐가
하품하는 오후

단체복을 입은 개미떼가
진종일 봄을 나르네

비 내리는 횡산리

작열하던 태양에 찌들려
시간이 멈췄던 공간에 비가 내린다

더위에 지쳐 낮잠이 든 망각의 순간
내일이 처서라는 계절의 붉은 엽서를 받은
여름이 흘리는 석별의 눈물이다

여기는 휴전선 턱 아래 외로운 전략촌

비슬산* 정상에 머뭇거리는 회색 구름은
언제나 전운戰雲이지만
신들이 보살피는 평화가 산다

이 적막강산에 낮닭이 노래하고
멧비둘기 구구대는 사랑 노래
정겨운 횡산리 강 마을에
8월 가뭄을 위로하는
비가 내린다

아이들에게

봄비 추적이는 새벽
처마 밑에 떨어지는
빗물 소리에
잠을 설친다

아이들아
이 비 그치고 나면
무수한 생명들이 발정할 흙 속에
암호가 교통하는 흙 속에
함부로 삽질을 하지 마라
흙 속에도 선혈이 흐르는
혈관이 있느니라

사랑

실눈 뜨고 흐르는 가을 강가에
갈대가 꽃을 안고
서서 죽었습니다

바람 없이도 서걱이는 물억새밭에
회색 둥지 하나 걸려 있습니다
뻐꾹새 대리모 하던
개개비가 남기고 간 흔적입니다

바람이 붑니다
나그네새들이 날아오르고
늙은 풀들이 진저릴 칩니다
여울목을 지나 머뭇거리는 강물에
파문이 일어나고
물돌에 부딪쳐 상처가 나도
빙그레 웃으며 실개천과
사랑을 나눕니다

마른 바람이 붑니다

꽃이 마릅니다
입술이 파리한 강변 카페 여인이
마른 꽃이 가여워 벽에 걸어
여백을 장식하고
식어버린 차를 마시며
싸락눈 내리는 날 웃어보라 합니다

장미

어설프게 다루면
반드시 피 본다

앙칼진
여인

오일장터

중복이다
태풍 '니일'이
눈 부라리며 쳐 올라온다는 소식
뜨거운 빗방울 가끔 후둑거린다

황톳빛 피부에
코가 납작한
퉁구스족의 젊은 후예들이
슬리퍼 찍찍 끌고
껌 씹으며 지나간다

없는 것 없는 질척한 장바닥

더운 바람 헉헉대며 토해내는
김약국집 에어컨 실외기 밑
먼지 먹은 노파가
찐 고구마, 강냉이 좌판에 놓고
늦둥이 외아들 등록금 걱정하다
자크 열린 전대차고
깜박
졸고 있다

진달래

1
붉은 반란이다
어쩌라는 거냐
연기도 내지 않고 타기만 하는
나비, 나비 떼들이다

2
진분홍 정열이다
나들이하고 싶은 거야
속살 비치는 물항라 치마 두르고
시골장터까지 만이라도
가보고 싶은 거야

청명

오일장이 서는 시골
바람 부는 봄날 오후

행상들의 울부짖음 애절한데
낮 개소리 요란한 뒷골목
덩치 큰 땡추중
빗장 질린 문전서 서성거리고
알 품던 토종닭 불안한 눈망울

옛날 이맘때는 솔개 한 마리
하늘 높이 떠 맴돌았는데…

플라타너스 가지에 걸린
검은 비닐봉지
까마귀 죽음 같다

내일은 청명淸明
바람 자는 골목
맑은 하늘 그립다

칠월이여

들, 날숨이 순조로운 것들
물이 올라 팅팅합니다

계절의 잦은 뒤바꿈질을 시샘하던
봄날이
내년에 다시 보자며 잠적해 버리자
성급히 태양이 작열하는 때
물로 기름을 만들 줄 아는 농푸른 초목을
찬양합니다

사월은 잔인한 달이라고
엘리엇은 노래했지만
사월 보다 육, 칠월이 더 잔인했던
이 나라 산야에
통통하게 부어오르는
분꽃 원추리 하늘말나리 씨방도
찬양합니다

어머니 치마폭처럼

너그럽고 비밀이 아름다운 숲에서
사랑 나눔질을 지속하는 잔살이들을
찬양합니다

오– 희망과 욕망이 충만한
칠월이여

몹시도 오랜 세월을 안고 흐르는
임진강변에서
목화 구름 피어오르는 북녘 하늘도
찬양합니다

뜨거운 칠월을
찬양합니다

폐비닐의 말

언제나 응급용으로 희생되는
살아있는 시체다

처연한 농부의 희망대로
찢김과 밟힘을 견뎌내며
지난 사계절을 먹고 살았다

이 봄도
쓸 감이 안된다고
노지露地에서 화장하고 있고나

바보 같은 사월의 사람들아
땅별*에서 사라지고 싶거든
나를 계속 태워라

나의 어미는 위대한 석유다

내 영혼 하늘로 올라가
태양의 눈을 멀게 할 것이다

* 땅별 : 지구

176